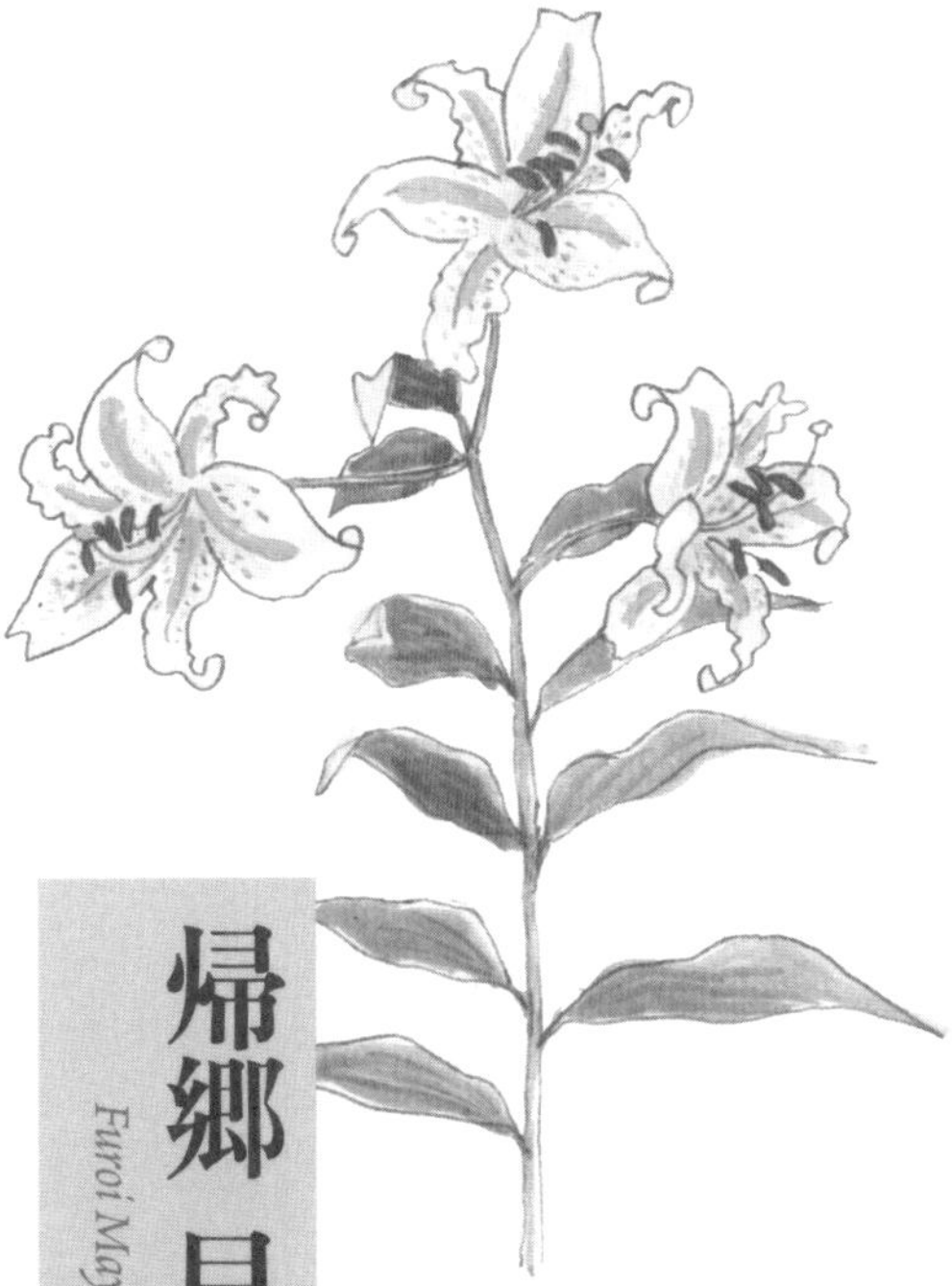

帰郷　早春の山ゆり

Furoi Mayumi

風呂井まゆみ詩集

編集工房ノア

「帰郷　早春の山ゆり」　目次

I

II

III

装画　小山百合
装幀　森本良成

I

お堂

1

月の夜は
お宮さんのお堂の白壁に
木の影を映す

下の道路に車が通ると
新しい影が映り

大きくなって動く
境内の楠が
お堂の屋根の上まで繁り
時々ふくろうが鳴いたりしていた

お堂には電気がなかった
欄間から
いろりの明かりが見える夜は
お乞食さんが宿している日で
揺れる明かり
そんな夜はなかなか寝付けない

雨の日は
ただボーと白い壁

鍵のない引き戸は
乱雑に開いていたり閉まっていたり
部屋の半分を占めるいろり
床は板張りで古い茣蓙《ござ》が一枚

家の庭に出ると隣にあるお宮さん
必ず見えるお堂が
いつ見ても不気味だ
小学校に入って何年かして
壊されたはずなのに
不思議にもその時の記憶はない

2

玄関で誰かの気配がする
子ども連れの女のお乞食さんが
母に夕食のおねだりしている

器を持って
薄暗い台所まで入ってきた
お母さんなのか
私と同じ年頃の女の子が
うしろに隠れて私を見た

「明日は来んといて下さい
　私の家にも三人の子がいます」
二つの器に
母はすいとんを入れる
器の一つは女の子が大切そうに
持って出て行く

お昼も来ていたらしい
「昔はいい生活してたんやて
　自慢話ばっかり」
母はため息をついた
お乞食さんが泊まる夜は
母のため息は大きい

月夜だった
女の子が気になる
庭に出てお堂を見る
お堂は静か
いろりの明かりだけが
揺れていた

3

木の芽立ちの頃になると
毎日のように
気が触れた女の人がぽつんと一人
向かい村から橋を渡ってくる
かすりの着物で
赤い腰巻
わらぞうり姿は毎年同じ

決まって楠に包まれたお宮さんに
向かって来る

石段を上がって境内に入る
お堂に入ったり出たりを繰り返す
そのままどこかにゆく事もあるが
突然　私の家の庭に現れたりする

素早く家の内に隠れ
襖の隙間から庭を見ている私
心臓がぱくぱく

奥目の険しい眼つきが
おばあさんのようにも見える
おかっぱで湿った髪の毛を
くるくる指に巻きつけて
ぶつぶつ何か言っていた

人になにもしない事を
幼い私でさえわかった

お堂が無くなった頃から
春になっても
女の人は橋を渡ってこなくなった
妙に寂しい
亡くなったとか
座敷牢に入れられているとか
聞いたことがあるが
確かなことは誰も知らない

4

なんなんなんほー
なんなんなんほー
玄関に念仏のような声がする

格子戸の向こうから
異様に大きい姿が透けて見える
おそるおそる戸の隙間から
外を覗くと
頭から毛布を被るお乞食さんが
両手を合わせて

なんなんなんほー

托鉢を真似る物乞いの人が
お堂に泊まっているとは聞いてはいた
冬の大切な毛布の一枚
引き摺り歩いたのか
裾がぼろぼろに千切れている

家には誰もいない
慌てる私
母がいつも食べ物を渡していたのを真似て
蒸かし芋を一つ
格子戸の隙間から手だけを出す
なんなんなんほー

一段と大きい声がして受け取った
ぽかぽか天気の満開の桜が咲く
その日
お堂を出て
裾が千切れた毛布を被ったお乞食さん
大江山の方に向かったそうな

5

正直でないというお仕置きに
お堂で反省するように
兄が父に叱られている
砂糖の壺の蓋を割ったのは
兄ではない
お堂と聞いた瞬間に
閉じてしまった私のこころ

黄土色と白の細い縞模様の壺
蓋の摘みは蟹の形をしていた

こっそり舐めようと棚から下ろし
蓋を落とし割ったのは私
こっそり分からないように
棚に戻したのも私
暗くなっている外に
兄は抵抗もなく出て行った

お堂に通じる石段に
兄が座っている
傍に黙って座る私
それでも何も言えない
裏山でフクロウが
規則正しく鳴いている

並んで見たお堂
暗闇のなか異様に白い壁
その夜お堂は何も怖くなかった

家に入ると父は私を見ている
母も姉も悲しい顔をしている
誰もが私だとわかっていた
私は初めて
嘘をつく恥ずかしさに
苦しんだ

6

お宮さんの境内は格好な遊び場で
隠れん坊をよくした
私の隠れ場所は決まっている
楠の幹にある空洞と
茣蓙《ござ》を覆って隠れるお堂の中
どちらも鬼からは遠くて死角となる

年上の子は鬼の動きに合わせて
狛犬や大木や本殿の周りを
機敏に隠れる

鬼の陣地は本殿の鈴緒で
タッチすると鈴が鳴った

ある日
お堂のなか茣蓙を立てて
その後ろに一人隠れた
いつまでたっても
誰も探しにこない

外の様子が気になる
鈴の音も仲間の声も聞こえない
隠れん坊は終わっているらしい
ぼんやりしている間に
皆が私を忘れて帰っていた

お堂の中はいろりと
一枚の茣蓙
多くのお乞食さんを思い出す
今はどうしているのだろう
食べ物はあるのだろうか
丁寧に茣蓙を巻く

お堂に残された私
泣かなかった

7

半世紀以上を経て
お宮さんの前に立つ

道路が舗装され高くされて
階段はなくなり平面となっている
楠は根っこからない
薄く苔で色の変わった狛犬は
口を開けて　閉めて向き合い
微動だにしていない

鈴を鳴らすと
はじめて当時の実感がした
他人のような少女の姿が
境内のあちこちを走ってゆく

兄とこっそり覗いた本殿の開き戸
祭ってある金属の丸い鏡が
不思議だとも人にも言えず
秘め事を守ってきた
今も開き戸の内は同じはず
床の下の砂地に
懐かしい蟻地獄の穴を見つけた

当時はお堂の入り口に床机があり

その下に
無数の蟻地獄のすみかがあった
捕まえた蟻を擂鉢状の穴に落とし
ウスバカゲロウの幼虫に
食べさせて平気だったあの頃

お堂の跡地は苔が広がり
蟻地獄のすみかさえ跡形もない
多くのお乞食さんが
お堂に泊まり
旅立っていった

足跡

朝起きるといつもより明るい
家族が騒いでいる
裏の雨戸が一枚外されていて
外は雪景色
裏山に通じる竹藪の竹が
積もった雪で大きく曲がっていた
縁側の隅に置かれていたお米が
なくなっていると母が叫んでいる

慌てたのか
縁側に散らばっているお米

村で食べ物を盗む泥棒がいると
前の夏に噂が流れていた
隣村では夜中に目を覚ますと
上半身裸の見知らぬ男が立って
お櫃《ひつ》ごとご飯を食べていたと
話していたのを思い出した

その朝
外された雨戸のまま
私たち家族は
言葉少なく朝食をする

私の家に泥棒が入るなんて
それぞれが思っている

雪の上に残る
深く刻まれた大きい足跡は
縁側から竹藪に向かっていた

きつねの嫁入り

長い時間をかけて花嫁姿になる。従姉の梅ちゃんの花嫁の支度を邪魔にならないなら見てもよいとのこと。少し後ろから鏡のなかで化粧される顔が見られる位置で正座する。「きれい？」と何度も鏡のなかで尋ねる梅ちゃん。緊張で「はい」と答える。きれいになって別人のようだ。

住み慣れた家を出る時刻となる。親戚や近所の人たちが取り囲み別れを惜しむ。裾に金と銀の鶴が飛んでいる黒地の振袖。見違えるような梅ちゃんの花嫁姿。伯母も母も泣いている。

玄関を出る時に晴れているのに思いもよらない雨が降ってきた。「きつねの嫁入り!」「雨が降って地固まる。縁起がいい!」「こちらの花嫁さんはきつねさんとは似ていないけど」。誰かが叫んだ。白粉を塗られた太くて短い梅ちゃんの首。皆がどっと笑った。そのうち誰もが泣いている。

角隠しの下から見える大きい目にも涙。深くお辞儀をして、もう二度と戻らないとゆう慣習で後ろ向きになって玄関を出る。大好きな梅ちゃんがいってしまう。赤い蛇の目傘を仲人さんにさされ坂を下りお迎えのハイヤーに乗った。その日もっと山奥のお百姓に嫁いでいった。私も泣いた。

二十余年を経て梅ちゃんの嫁ぎ先を私の結婚報告で訪ねたことがあった。こんな奥にまだ民家があるかと思われる村。門構えに池と家屋はしっかり大きい。居間や仏壇は立派なのにひきかえて台所は薄暗い。使っているのか分からないが竈《くど》にはお釜もある。台所の端は牛小屋の入り口と通じていた。嫁いだ頃は二頭の牛がいたそうだが今は収穫されたかぼちゃが転がっている。最近までお姑さんと農業を支えてきたが今はお姑さんの介護にも忙しい。

帰ろうとした時、急に雨が降ってきた。きつねの嫁入りだ！　二人ともあの日の雨を忘れてはいなかった。白髪になって相変わらず首の短い梅ちゃん。酷使して悪くなった足を引きずりながら私の名前を呼んで追ってくる。濡れて太陽に輝いていた。「幸せにね」梅ちゃんが叫ぶ。私はあの日のように泣いた。

それから四十年以上が過ぎている。

II

帰郷

一枚の写真

長年探していた父の写真が昨年末にすずり箱から出てきた。嫁ぐ時、母のアルバムから貰ったもので私にとってたった一枚の大切な父の写真だ。東京に住んでいた時近所の写真館で写したと言って母が渡してくれた。使うこともなくなったすずり箱に入れて失ったと諦めていた。写真は少しセピア色を濃くして染みが付いている。若々しい父が黒っぽい背広姿で足を組み洒落ている。

突然の写真の出現に忘れかけていた父との思い出が徐々に蘇り怠惰だった私を責める。封印してきた父との思い出は少女のままの私で止まっていて時々私を苦しめてきた。私にとって父の存在は大きい。亡くなった時に父がえぐった私の内の空洞を埋める余裕のないまま過ごしてきた。私のこころが疼きだす。少女のままで疼きだす。

早春の朝

今しかないという思いに駆られてふるさとへの特急列車こうのとりに乗る。窓からはどこまでも続く雲。山陰の空だ。半世紀余りを経て一枚の写真が私を導いてゆく。手にする父の写真を見つめた。私の過去に繋がってゆこう。少女の私と繋がるのだ。父と父の傷に向き合おう。
帰郷する私の内の空洞が蠢《うごめ》きはじめる。

父の秘密

東京から疎開してきた家族は、伯父夫婦のいる父の実家（京都府福知山市）に身を寄せる。実家は代々の農家。母屋の離れで私は生まれた。父母と姉兄の五人家族。私が二歳の時、近くの村で住職が京都の寺に帰って空き家になった大仙院に住む。長身の骨格は父と似る伯父。小柄できりりとする母の一番上の姉が伯母。伯父夫婦と私の両親は兄弟姉妹同士の夫婦である。

田植え。稲刈り。蚕の巣がき。農繁期になるといつも母はまだ小学校に入っていない私を連れて伯父の家に手伝いに行った。私は従兄の子である昇ちゃんの子守りをする。ぐずると帯で背負って眠らせる。機嫌を悪くするとあやして遊ばす。慣れたものだった。

本家には従姉の梅ちゃんがいて花嫁修業の和裁やお花を習っている。梅ちゃんがいればいつも後ろをくっついてまわるのでよく母に叱られた。ある日梅ちゃんが私を庭に呼んだ。庭先には鶏頭の花が四、五本直立して咲いていた。私の背丈より高い。

私は縁側に座っている。もうすぐお嫁にゆく梅ちゃんが私の前に立ってそして独身の時の父の秘密を教えた。


突然、東京から帰ってきちゃったまーちゃんのお父さんは知らん女の人を連れてきちゃったんや。目立ってきれいな舞台の女優さんやで。村のだーれもが見にきちゃったんや。村中が大騒ぎで大変やったんやで。家のもんは困ったんやで。お父さんは東京で難しい思想のことで何回も拘置所に入ちゃってその度私の父ちゃんが面会にいっちゃったんや。この家から勘当を受けとっちゃったんやで。

その日のことは忘れない。母に言えない予感がした。私のこころが閉じてゆく。

その夜庭先に咲いていた鶏頭の紅色の花が奇妙に思い出されて眠れなかった。震えて。

帰郷して訪ねた本家は昔と何も変わっていない。伯父夫婦も梅ちゃんも従兄もそして私の両親も亡くなっている。かつて私が子守りをした昇ちゃんが家を継いでいて時の流れが私を貫く。縁側の板の木目も覚えていた。
涙でぼんやりしか見えない。
少女の私が座っていた。

夕焼けが空を

父は村の人と交わらなかった。挨拶はするが心を開かない。かかわりたくない父の気持ちは幼いなりに理解していた。父は村の人と違っていた。

通勤は行きも帰りも村の道を歩かない。線路を歩く。いつもベレー帽を被って一人だ。その姿を見ると寂しく思った。

温厚な伯父が言ったことがある。誠一（父の名前）は勉強の成績はずば抜けてよくできた。大学に入学して書生をしながら学び卒業したが家に寄り付かず東京であんなことがなければと言った。あんなこととは梅ちゃんが言ったことだと思った。

日曜日になると父は私を釣りに誘う。最初は兄を誘っていたが兄は仲間と遊ぶようになったので私を誘った。父と一緒にいるのが好きだった。色んなことを教えてくれて学校の先生よりすごいと思っていた。

ある日

小川と由良川の合流する釣り場に鮒を釣りに出かける。釣れそうな所に私の竿を仕掛けてくれるがいつも父の方がよく釣れるのが不思議だった。

梅ちゃんが言った父の秘密は誰も話していない。眠れない夜もあって勇気をもって尋ねてみた。

「東京で何してたん？」

「……………」

日本の警察は酷いことをする。取調べの時、正座した足の上に大きな石を置いた」。はき捨てるように言った。苦しでいる父を見た。父の経験なのか誰のことか尋ねようとするが声がでない。

梅ちゃんの言った秘密と重なって涙を堪えた。あたりは暗くなって夕焼けになっていた。

無言で帰る用意をする。釣れた鮒を入れた網袋を川に沈めていたのを父が上げ私に持たせた。水が滴る。

夕焼けが空を。由良川を。河原を。ひょろひょろする父のランニング姿の背中も薄赤く染めている。その背中に私は「お父ちゃん！お父ちゃん！」とこころの中で叫ぶ。走って追った。

手に持つ鮒が網袋の中で強く跳ねる。

腕いっぱいの山ゆり

大仙院は更地となっていた。側には昔のままの谷川が流れている。付近に生える羊歯や苔の群生は見覚えがある。当時の湿りを思い出した。

二階にあった何体かの色彩豊かな観音像や庭に並ぶ地蔵さんは何処へいったんだろう。疎開してきた家族が身を寄せ合って過ごしたのが嘘のように思えた。

兄は反抗期に父と対立する。インドのガンジーをもじって頑（固）爺と言う。父が言葉を注意すると「非暴力の抵抗を褒めているんや」と皮肉って皆を悲しませた。兄も父の秘密を知っているのか？こころを横切った。母は姉を頼りにし父は私を可愛がった。
父は私が読む本の感想を聞いたり、私が書く詩のノートの空白に詩を書いてくれた。覚えている詩がある。私が窓ガラスに写る顔を見て表情をあれこれと書いたが父の書いたものは簡潔だった。

ほの暗い
窓ガラスに写る僕
何を考えているのかい
………
笑ってあげよう
………
さようなら
風のなかを走ってくるよ

私が中学生の時考えられない事が起こった。日頃から胃が悪かった父が亡くなったのだ。最後まで私の手を握っていた。伯父が何か言い残す事はないかといって男泣きした。父の最期の言葉は「まーちゃんが大人になるまでは」だった。

残された者は生き抜くしかなかった。日頃から父は私に「女性も賢く生きるんだよ」と言っていた。私もそうなろうと思った。

父の痛みが私の痛みとなって深く隠されてゆく。

棺の中で父は白く冷たく他人のようだがもう悲しむこともなくなったと安心した。母がそれぞれに棺のなかに思い出のものを入れるように言って、押入れから数冊の分厚い本を出してきて入れた。何の本か覚えていないが題名か著者名かにある人物名は覚えている。

チェーホフ。レーニン。マルクス。の名前だった。

私はベレー帽と父の好きな山ゆりを入れた。裏の竹藪のなかに咲く満開の山ゆりを摘んだのだ。腕いっぱいに泣きながら摘んだ山ゆりを。


見ると谷川沿いに竹藪が少し残っていた。早春に咲くはずがない山ゆりを追って竹藪のなかに走る。

煙

由良川沿いを町に延びる堤防は今も変わらず人影がない。かつて制服姿で自転車登校していた馴染みの道だ。昨日の雨で由良川は増水して濁っていた。所々で渦を巻いて流れに勢いがある。眼下は枯れ切ったススキが根元から下にゆくに従い傾斜している。川岸は川の流れの方向に薙ぎ倒されていた。

時の流れに抵抗した父の孤独が思い出される。痛みが瞬時に私の奥を走った。父の孤独を知っていたので私は時の流れに沿って歩んだ。父を否定する気も忘れたわけでもない。父のように孤独になるのを恐れたのだ。いつの間にか時代錯誤になっていると気が付いていても何もせず鎧さえ脱げなかった。
父の秘密は私にとって何だっただろうか。今まで考えてもみなかった。女性も賢く生きるんだと言った父の言葉を思うと悲しかった。そして過ぎ去った長い年月を自覚して父に恥じる。

町に近い堤防の上で残された家族の情景が思い出される。喪服を着た母が振り返って言った。「見て！お父さんの煙」母がはじめて号泣する。町外れにある高台の方を見ると火葬場の煙突からもくもくと灰色の煙が上がっている。姉も兄も私も泣いた。いつまでも四人が堤防の上から父の真直ぐに昇る煙を見ていた。

ふるさとに由良川はいつも流れている。私たち家族の思いを飲み込んで時を越えいのちの流れとなって今も流れる。

由良の海に入る

両親の墓は私が生まれた村の山中にある。お揃いの赤い涎掛けの六地蔵までは急な坂道で何度も立ち止まる。あと何回この坂を一緒に上がれるのかふるさとに住む姉が不安気に言った。五歳年上の姉も私もそんな歳になっているのかと実感し黙った。

父の不運な人生をそして支えた母の尽きない思い出を話しながら墓掃除をする。母が老いて私と生活を共にしたある日、今の自由な世の中を父に見せてあげたかったと言ったことや母が父を誠実な人だったと言ったことを話して二人して泣いた。

父　誠一　享年五十四才　明治三十七年生
母　つる　享年八十二才　大正　五年生

姉と並んで手を合わせる。


父の戒名のなか誠堂の意味は父の将棋の手が正々堂々だったので対局したお尚さんがつけたと姉が言ったが私ははじめて知った。当時に父を理解していた人があったかと安堵する。

父は私に「僕はお墓はいらない。由良川に骨を流してほしい。僕は海に流れてゆくから」と言っていた。母にも言っていたように思う。

伯父は父が亡くなると私たちに「子どもが働いてお父さ

んの墓を建てるのが筋で、お母さんに心配かけさせないで」と言っていた。私が働く頃には伯父も亡くなっていたが母が自ら墓を建てると言いだし、伯父の墓の見えるところに早々と建ててしまった。伯父が眠る先祖代々の墓石より少し大きくて伯母の顰蹙《ひんしゅく》をかった。現世で報われなかった父の気持ちを母が墓石に託しているかのようで悲しかった

父母は今、不釣合いな墓に眠っている。

村の名前は漆端《うるしばな》といって実際に漆の木が多い。秋には山が鮮やかに紅葉する。墓からふるさとが一望でき由良川がゆるやかな曲線となって流れているのが見えた。川は流れて由良の海に入る。

洗濯

洗濯場は小川
そこには
板のような二枚の石が並ぶ
天気のよい日は
近所の人と順番だ

最初は洗濯板で手で揉む
四角い大きい石鹸をつけて
次にそのまま

板のような石の上で
二本の素足で揉む

私は橋の上
時々
母を確認しながら遊ぶ

石鹼水が白く川を濁す
いっしょに泡も流れる
大きい泡小さな泡

小川の中で形をあらわす
シャツやズボン

絞った衣服を
母が仕上げに畳む
叩く
左手で右手で

私は今朝も
脱水された洗濯もの
一枚ごと
母が仕上げたように畳み
叩く
左手で右手で皺をのばす

そこなし沼

村の子どもたちはその沼のことを知らない。

村から山陰線のトンネルの入り口は見えるが誰もそのトンネルをくぐる者はいなかった。トンネルの向こうには知らない村があって、線路わきに沼があると聞いていた。

ある夜、トンネルをくぐった二人があった。両親から結婚を反対されていた男女でその沼に身を投げた。二人は紐で結ばれていて重石も一緒にくくり身を投げた。そして女の人だけが助かった。朝早くから小さな村は大騒動。大人たちが騒いで子どもたちも同じように騒いだ。

男の人は材木屋を継ぐ長男で私の知らない人。こっそりお葬式が出された。女の人は誰なのか長い間知らなかった。

その沼がそこなし沼と呼ばれていてどんな沼かその方が恐ろしくて本当に底がないと思っていた。大きくなってトンネルをくぐりそこなし沼を見てみようと密かに思っていた。

隣村にお母さんと二人で住む娘さんがいた。

村にある農協に勤めていて、自転車に乗って行かれる朝に会うことがあった。色の白く優しい美人でパーマの髪は長く後ろで一つに束ねておられた。その人が助かった女の人だと知ったのは何年かたって私が中学生になってからだ。
ある朝元気よく自転車に乗って「おはよう」と追いこされた。その後ろ姿が無性に悲しかった。パーマの束ねた髪が大きく揺れた。

私はトンネルをくぐりそこなし沼をまだ見ていない。

III

きょうだい

帰り途《みち》
環状線の電車のなか
姉と兄と私が
それぞれの手をだす
三人の両手
誰も父の手を思い出せない
骨格は兄が似ているので
兄の手が似ているのだろう

母の手はみな覚えていて
でも誰も似ていない
晩年　車のドアに手を挟まれ
二本の指が真直ぐ伸びない
真似して笑う

三人の両手
年をとっていた

祭日に混雑する
ＪＲ大阪駅中央改札

「さようなら」
別れる時はさりげなく

以前からの約束ごと
それぞれが違う方向に
手を振りながら
喪服姿のきょうだいが
消えていく

猫柳

早春になると
幼友達は私とよく遊ぶらしい
小川に沿って広がる
猫柳の畑でね
おぼえている？
電話の向こうで懐かしい声

銀色の花穂
暖かい日差しに光る

小猫の尾の形にも毛並みにも似て
植物よりも生き物って感じ
何度も手の甲や頬で触れ
喜んでいたらしい
おぼえていないなー

春も終わりに近づくと
猫柳は変貌する
花穂は艶も形も崩れて
最後は
黄ばんだ白い無数の小花となる
ぼんやりと霞んで漂うと
なんだか寂しくなってくる

いつまでも遊ぼうよ
猫柳の木の間
両手を広げ飛行機となって
S字に曲がりながら駆けてゆこう
君と

甘茶

さくらの花の頃になると
お寺で子どもたちは
甘茶がもらえる

隣の村にあるお寺まで
ともだちと手をつなぎ出かけた
アルミの水筒を下げて

甘茶がもらえる

甘茶がもらえる

境内では
白の襦袢に黒の衣を着た
庵住さんのお話を聞く
知らないみんなと
むずかしいお話を聞く

小さい立像の仏さんの頭に
庵住さんが柄杓で甘茶をかける
全身を流れた甘茶はお盆に受けられ
それを水筒に入れてもらえた

いそいで寺を出る

隣村を出ると甘茶が気になって
さくらの木の下で飲んだ
甘いと思っていた甘茶は
甘ないよ
二人は見合わせる

散り積もったさくらの花びら
両手で掬い
ナンマイダー
ナンマイダー
お互いの頭にかけあった

流れる

崖の下の大きな岩の上から
年上の者から順番だ
水着姿で名乗りを上げて
足から川に
ドボーンと大きい水しぶき
次から次に飛び込む
最後に私も水しぶき

浮き上がるところは川の本流

流れの勢いは深い方に連なって
緑色の水の流れに身を任せる
頭を浮かせ
立ったままで流れる
連なって十人以上の子どもたちの
頭が賑やかに川を下る
遠くの空に入道雲が白く

流れの到着は
何本かの杭が集まる昔の船着場
川のカーブにかかると
流れが急に早くなって
しばらくするとおだやかになる
辿り着くのは一番目の杭

皆が狂わず到着するので
誰もが急いで
一番目の杭を譲ってゆく

日焼けして歯だけが白い子どもたち
太陽で焼かれた河原の石ころの
熱さに
悲鳴をあげて走る
崖の下の大きな岩に向かって

サーカス

ライオンも見られるサーカスが
町にやってきた
汽車に乗って家族五人で見に行く
御陵公園は大きいテントといっぱいの人
入り口に義足の戦争帰りの人が
白い服を着てアコーディオンを弾いていた

入り口を入った隅に檻があるのに気になって
皆と離れて見にゆく

何匹かの元気のない犬が窮屈に入っている
鳴きもしない
傍にいる男が大声で言った
「ライオンの餌になる野良犬だ！」
大きい包丁を持っている
大泣きした私

サーカスもライオンも覚えていない

帰りにきょうだいは
屋台で買ってもらった回転焼きを食べた
「野良犬も　ライオンも　野良犬を捕る人も
殺す人も皆が懸命に生きているんだよ」
父が言った

ある日
村に野良犬を捕る小型トラックが来た
荷台に檻が積まれていて
捕らえられた犬が悲鳴をあげている
村にこげ茶の野良犬がいて
裏山に逃げていったのを探しているのだ

二人の男が私の家の庭に向かってきた
先が輪になったギザギザの針金を持って
裏山に走ってゆく
私は石を投げた
土の上に座り込んで
力いっぱい男に向かって

こころのなかで石を投げた
皆ががんばって生きているのだよ
父の言葉を思いだす

庭の椿の花が
落ちて地を赤く染めていた

火の見櫓と鍛冶屋と水車小屋

村の真ん中あたりの道端に
火の見櫓があった
梯子を登ると天辺に半鐘が下がっている
どんな音か聞いたことがなかった

火の見櫓の近くに鍛冶屋があった
板張りの隙間から気配がして兄と覗くと
真ん中で火が燃えている
頭を手ぬぐいで縛った上半身裸の男が

汗を流して全身が赤く光っている
男の白眼までも赤く見えた
炎の中で何かを一途に動かしていて
異様な男はよそ者だったのだろうか

火の見櫓と鍛冶屋の向こうは
広がる田んぼ
少し田んぼの方に下ると
水車小屋があった

流れる水を受けて回る水車
小屋の中は光でいっぱい
水車の回る動きに合わせて杵がつかれ
石の臼の中に入れられた小麦が

ゆっくりとゆっくりと粉になってゆく
ごっとん　ごっとん　ごっとん

久し振りに兄とふるさとの話をする
火の見櫓と鍛冶屋の場所は覚えていた
水車小屋は村はずれにあって
火の見櫓の辺りには小川はなかったと言う
気になっていた水車小屋は
何処で見たのだろう

ある日
水車小屋はやはり
火の見櫓の近くにあったと故郷の姉から聞く
山の方からの水で

水車を回していたらしい

その夜
火の見櫓と
鍛冶屋と
水車小屋
水いっぱいに満ちた水車が回る夢を見た

花ちゃんの髪の毛

スズメの巣とは花ちゃんの髪の毛のこと。皆がそんな風に言った。櫛で梳かない髪の毛は後頭部が特にもつれている。一度だけ髪は保健室の先生にＤＤＴの粉で消毒された。スズメの巣は白くなった。花ちゃんは気にもしていない。とても人懐っこく可愛いかった。花ちゃんは生まれつき脱臼でセメントで作られたコルセットをつけ長い間寝ていた。それで入学が遅れ本当は何歳上か分からない。そして遠くの中学校は行かなかった。皆と一緒に遊ぶこともなく寂しかったと思う。私が中学の時、花ちゃんの家の前を通ると久し振りに花ちゃんに会った。花ちゃんはにっこり笑う。「さいなら」と私。髪の毛は少しはねているがスズメの巣ではなかった。それが花ちゃんに会った最後になった。

花ちゃんの家は山を登る入り口にあり山師が通る。夏のこと。若い山師が花ちゃんを山に連れ込み悪戯をして花ちゃんはお腹が大きくなった。そしてその年の暮れに遠くの町の紡績工場で働くため村を出ていった。髪の毛を小さい頃から梳いていたら山師にもからかわれなかったのに悔しく思った。ほとんど寝ていた花ちゃん。忙しく田畑に働いていたお母さん。私一人で山師に腹を立てていた。

そんななかで花ちゃんの方が山師を好きだったとゆう小

母さんがいて私はもっとショックだった。その小母さんに会うと勇気をだして挨拶をしてやらなかった。そしていつか私も村を出ようとはじめて密かに思った。

花ちゃん、女の赤ちゃんだったら髪を梳いて上げて下さいねと何度もこころの中で叫んで。

名もない魚

村の様子がおかしい
あちこちで大人たちが
ひそひそ話しをしている

坂の下の家の側を通る
夏の真昼に
雨戸がしっかり閉められている
家の中から大人たちの泣き声がした
何なのだろう

しばらくしてこっそり町に
引越して行った

もう一軒　坂の上の家が静かになった
家の人が誰も出てこない
家を訪ねる人もいないらしい

大人たちの
ひそひそ話はとまらない
ともだちだけがこっそり
教えてくれた

坂の下の家の男の子と
坂の上の家の男の子が

夕方　親に黙って川に泳ぎにいった
おぼれて流されていったのを
坂の上の男の子が
家に帰っても誰にも伝えなかった

翌日　川下で男の子が死んでいた

坂の上の男の子
恐ろしかったに違いない
ガタガタ震えがとまらない
二つの家の家族が別々に
川の底に沈んでいるのだ
引越して行った町の家にも
坂の上の家にも

名もない魚が
泳いでいる

沢蟹

人込みの中から私を呼ぶ声がする
彼女が手を振っている
幼き日
谷川の奥から私を呼んだ同じ呼び方だ
懐かしさに私もあの頃のように
友を呼ぶ

ふるさとの草木に包まれた
緑のトンネルの谷川

真夏でもひやりと冷たい
奥に入れば沢蟹がいる

石を転がすと
一匹　また一匹
早足で逃げる沢蟹を追う
蟹の爪で指を挟まれ悲鳴を上げる私を
笑っているのは彼女

私がノッポで不器用
彼女は小柄で器用
でも
二人とも声が大きくて
男のような私が結婚して

可愛い彼女が独身を通した

沢蟹が濃い赤色だったと私が言い
谷川の石の色と同じだと彼女が言う
幼い時の気持ちのままで
とりとめもない
いいっこする

喫茶店の窓ガラスの向こう
人々が沢蟹となって
右に左にと逃げてゆく

あとがき

第一詩集『私は私の麦を守っている』を編みましてちょうど二年になります。二年後には姉妹編をと密かに決心していました。当時からまだ書き足りていない何かが漠然とあったからです。目標通り「帰郷　早春の山ゆり」の出版に至ることができました。作品のすべてが大阪文学学校「高田クラス」で書いたものです。

自分の幼少期の体験が私の人格形成に大きく影響していることに気がついていました。事実大人になって身につけてきたものより幼少期の生活や、豊かな自然の営みのなかで学んだことの方が深く大きく心に刻まれていたと思っています。

今回、二つの連作「お堂シリーズ」と「帰郷シリーズ」の詩を書きました。「お堂シリーズ」は私の内から自然と出てきたもので、すんなりと楽に書き上げました。その頃、何故か漠然と書かなければと思っていた事は父のことと思うようになっていました。私にとって父の抱えていた問題は大きく、父自身が大きい存在でもあり手をつけることは私にとって不可能かと思っていました。それまで父のことを人に話したこともありませんでした。今の家族にさえ、また親友さえ話してはきませんでした。文学学校のクラス合評で活発な意見を交えるようになって、私は自分の内の問題に気づきました。いつの間にか身を被っていた分厚い鎧を外さなければ乗り越えなければと苦しみました。書くしかないと思いました。

実際、帰郷して書きました詩は支離滅裂。すっかり自信を失い何度もむきになって書き直しました。心が折れる経験でした。高田先生がおられなかったらきっと放棄していたことでしょう。忍耐強い御指導に心より感謝しています。クラスの皆様のはげましにも感謝しています。

未熟なりに「帰郷シリーズ」を書きおえて重かった鎧に風穴が開いた気持ちです。少しは父と向き合えたかと思っています。まだ鎧をすべて捨てられた訳ではありません。これからも詩作を続けることによって自分の弱点と向き合い、父とも向き合い父の娘であったことを喜びとなるように思っています。

幼い頃、一緒に遊んだ仲間たち、詩を共に書いた友だち、それぞれ違った道を歩いていますが私は元気でいます。

『帰郷　早春の山ゆり』を出版するにあたり、高田文月先生、高田クラスの仲間たち、「詩のいろり」の皆様本当にお世話になりありがとうございました。
第二詩集も編集工房ノア涸沢純平氏にお世話頂きました。ありがとうございました。

風呂井まゆみ

平成二十八年七月

風呂井まゆみ（ふろい・まゆみ）
1945年、京都府福知山市に生まれる
所属「関西詩人協会」会員
詩集『私は私の麦を守っている』（2014、編集工房ノア）
現住所　〒561-0854　豊中市稲津町3丁目6-6

帰郷《ききょう》　早春《そうしゅん》の山《やま》ゆり
二〇一六年九月一日発行
著　者　風呂井まゆみ
発行者　涸沢純平
発行所　株式会社編集工房ノア
〒五三一―〇〇七一
大阪市北区中津三―一七―五
電話〇六（六三七三）三六四一
FAX〇六（六三七三）三六四二
振替〇〇九四〇―七―三〇六四五七
組版　株式会社四国写研
印刷製本　亜細亜印刷株式会社

ISBN978-4-89271-259-3